혼자를 위하여

혼자를 위하여

초판 1쇄 인쇄일 2024년 07월 12일
초판 1쇄 발행일 2024년 07월 22일

지은이 박미현
펴낸이 양옥매
디자인 표지혜
마케팅 송용호
교 정 조준경

펴낸곳 도서출판 책과나무
출판등록 제2012-000376
주소 서울특별시 마포구 방울내로 79 이노빌딩 302호
대표전화 02.372.1537 **팩스** 02.372.1538
이메일 booknamu2007@naver.com
홈페이지 www.booknamu.com
ISBN 979-11-6752-506-2 (03810)

: : 박미현 그림 산문집 : :

혼자를 위하여

책과나무

『혼자를 위하여』는 '사랑을 위하여'다

『혼자를 위하여』를 읽는 내내 연신 고개를 끄덕거렸다. 다양한 색조와 스타일의 그림들에 감탄했다. 흔히 보는 시인 따로 화가 따로 시화집이 아니다. 드물게 시인이 직접 그렸다. 시와 그림 중에 어떤 게 먼저 찾아왔는지 모르겠지만, 둘 다 박미현의 분신이다.

작은 그림과 짧은 산문은 박미현 작가를 닮아 하나같이 담담하다. 하나같이 잔잔하다. 하나같이 선하다. 하나같이 정갈하다. 여기저기서 내공과 연륜이 느껴진다. 세상에 체념하지 않고 참여한 덕분이다. 때때로 저항한 덕분이다. 분노도 마다하지 않되 때때로 무념과 달관을 향해 나아간 덕분이다. 시민운동활동가는 박미현 작가의 또 하나의 DNA다.

이 책에 담긴 박미현의 삶과 생각을 엿본 독자는 누구라도 박미현의 그대가 될 거 같다. 『혼자를 위하여』는 사실 '사랑을 위하여'다. 약간의 결핍과 비애가 수반되는 그 달콤쌉쌀한 사랑 말이다. "살아가는 모든 일 중에서 가장 가슴 벅차고 아름다운" 사랑 말이다. 『혼자를 위하여』는 박미현 혼자의 위로와 힐링을 넘어 박미현에 공감하는 우리 모두를 위한 위로와 힐링이다.

곽노현

전 서울시 교육감, 현 ㈜징검다리교육공동체 이사장

사랑과 외로움의 생의 조각들

그림 한 점을 완성하는 데 얼마만큼의 시간이 필요할까를 궁금해하다가, 시 한 편을 쓰는 데 또 얼마의 시간이 걸릴까를 생각했다. 일주일이나 며칠 즈음으로 어림잡았었는데 저자가 캔버스 위에 새겨 놓은 형체와 선과 획을 고개를 들이밀어 주억거리면 눈앞의 그림과 시어들은 더욱 세밀한 점과 선으로 분화되고 진화하여 나의 투박한 셈법에 대놓고 항의를 하는 것이다. "당신의 셈법은 틀렸소".

뜨겁게 사랑하는 사람, 꼭 그만큼의 상처로 외로운 사람, 저자 박미현의 생의 조각들을 어찌 단 며칠의 숫자로 헤아릴 수 있을까. 아름다운 공동체를 꿈꾸며 앓아 왔던 저자의 스케치와 낙서들은, 긴 세월 토양에 뿌려져 그림이 되고 시가 되었다.

　그리고 작은 양심과 염치라는 생명체가 되어 어느새 우리의 옆자리에 서 있다. 나의 어리석은 셈법의 답을 수정한다. '아주 오랜 시간 동안'이라고. 이 책의 유효기간은 언제까지인가라는 질문을 덧붙이며 섣부른 답을 적는다. 다시 '아주 오랜 시간 동안'이라고.

이지상
가수 겸 작곡가, 작가

시인이 되려고 시를 쓴 것도, 화가가 되려고 그림을 그린 것도 아니다. 읽고 쓰고 그리는 일은 내가 인간이라는 정체성을 잃지 않기 위한 부단한 몸짓이다.

사람은 누구나 타자와의 관계를 위해서 많은 관심과 노력을 기울이며 산다. 그러나 정작 자신을 소외시킬 때가 많다. 니체는 현대인을 자기로부터 가장 먼 존재라고 했던가. 관계에서 자유로울 순 없지만, 관계에 의존하고 싶진 않았다. 사는 게 관계지만, 관계에 구속당하지 않으려 한다.

시를 쓰고 그림을 그리는 일은, 나를 견디고, 세상을 견디는 시간이며, 나와 마주하고, 나를 그냥 내버려 두며, 나를 지키는 시간이다. 누구를 위한 시가 아닌, 나를 위해 시를 썼던 것처럼, 그림은 시보다 더 시 같다. 색으로 말하고 색으로 느끼고, 그렇게 그림은 시와 함께 나와 살고 있다.

작년 초봄에 얼떨결에 개인 전시회를 열었다. 말 그대로 얼떨결에, 였다. 전시회를 앞두고 며칠 잠을 설쳤다. 덜컥 겁이 났기 때문이다. 괜한 일을 벌인 게 아닌가, 사고 친 게 아닌가 싶었다. 나는 좋아서 그리고, 견디기 위해 그리고, 그려 놓은 그림을 보는 게 좋고 위로가 되었지만, 타자들도 그러리란 법은 없기 때문이었다. 그렇게 전시회는 시작되었고, 다행히 방문객들의 호응이 좋았다. 50여 점의 작품들이 주인을 찾아서 떠났다. 그려달라는 주문도 받았다.

내 곁을 떠나간 그림들이 그립다. 그 그리움이 이 책을 쓰게 했다.

차례

1부 *
행복하지 않아도 괜찮다

2부 *

인간으로 산다는 것

3부 *

색이 좋다

1부

행복하지 않아도
괜찮다

〈혼잣말〉, 캔버스 위에 아크릴, 2022.

혼자를 위하여

원미산을 걸으면서
중얼거린 적이 있다

누가 봤다면
아마도 이상한 사람으로 보였으리라

그럴 때가 있다

누구에게도
들키고 싶지 않은 슬픔
말할 수 없는 괴로움

삶의 무게를
중얼중얼거릴 때가 있다

〈없는 요일〉, 캔버스 위에 아크릴, 2022.

살다 보면

기억에서 삭제하고 싶은 기억이 있다

없는 요일처럼

기억에서 멀어질 때까지

나를 따라다니는 요일이 있다

〈바람 부는 날〉, 캔버스 위에 아크릴, 2021.

혼자를 위하여

살다 보면 알게 된다

사람이 강한 거 같아도
한없이 작고 약한 존재라는 거

작은 돌멩이에 맞아도
잠을 설치고
오만 가지 생각이 드나든다는 거

사랑은 짧고
슬픔은 길다는 거

살면서 지은 인연, 업보
살아내야 한다는 거
고비고비 버텨내야 한다는 거

〈오래된 고독〉, 캔버스 위에 아크릴, 2021.

혼자를 위하여

외로움은 타고나는 것일까

존재의 숙명일까

사람들 속에서

혼자일 때가 있다

사람들 속에서

혼자가 되고 싶을 때가 있다

혼자일 때 외로운 것보다

같이 있을 때 외로운 게

더 외로울 때가 있다

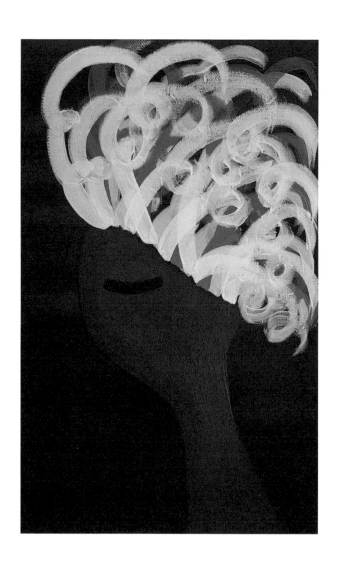

〈만추〉, 캔버스 위에 아크릴, 2021.

혼자를 위하여

이맘때가 되면 연애하고 싶어진다

누구라도 연인이 되어 사랑하고 싶어진다

떠난 사람도 곁에 있는 사람도

모두 불러내어 연애하고 싶어진다

상처도 사랑이 되고

미움도 사랑이 되어

서로를 끌어안고 싶어진다

잘 살았다고 잘 살고 있다고

서로의 등을 쓰다듬고 싶어진다

쓸쓸하고 아름다운

이번 가을이 되면

내가 먼저 너를 사랑하고 싶다

– 詩「시월」전문

〈봄으로 가는 길 1〉, 캔버스 위에 아크릴, 2021.

혼자를 위하여

모든 것이 잔잔해지는
그날을 기다리자

그리움도 바래져서
무심으로 남는 그날을 기다리자

셀 수 없는 날들 오고 가고
속절없이 웃을 수 있는
그날을 기다리자

평범한 날들을 사랑하며
쓸쓸한 사람이 되는
그날을 기다리자

〈자화상〉, 캔버스 위에 아크릴, 2022.

혼자를 위하여

때때로

내가 분열될 때가 있다

수많은 세상 속에서

정상과 비정상의 혼돈 속에서

저마다의 주관 속에서

아무렇지 않다는 듯

멀쩡하게 살아간다는 게

이상할 때가 있다

신기할 때가 있다

〈얼굴을 찾아서〉, 캔버스 위에 아크릴, 2022.

혼자를 위하여

얼굴 없는 사람을 만날 때가 있다

육체만 있는 사람과 마주할 때가 있다

육체끼리 만나야 할 때가 있다

〈풀〉, 캔버스 위에 아크릴, 2022.

혼자를 위하여

아파트 길가를 따라서

들쑥날쑥 풀들이 살고 있다

길목으로 나와서

사는 풀도 있고

누구에게 밟혔는지

반쯤 쓰러진 채

살고 있는 풀도 있다

〈지나가는 남자〉, 캔버스 위에 아크릴, 2022.

혼자를 위하여

어느 모임이었던가

이젠 기억조차 나지 않는 그 남자

그 남자가

나를 따라온 적이 있다

문득문득 그렇게

나를 따라다닌 적이 있다

내 기억 속에서

한참 그렇게

머문 적이 있다

〈흔들리는 여자〉, 캔버스 위에 아크릴, 2022.

내가 여자라고 느낄 때가 있다

여자가 되고 싶을 때가 있다

흔들릴 때가 있다

〈기억〉, 캔버스 위에 아크릴, 2022.

혼자를 위하여

미워해야만 했을까

내게 상처 준 그 사람

생각하면

쓸쓸한 웃음 같은 것을

끝끝내 잊을 수 없는 그 사람

또 하나의 상처가 되는 것을

밀어내야만 했을까

독해질수록 외로워지는 것을

〈웃는 슬픔〉, 캔버스 위에 아크릴, 2023.

혼자를 위하여

교회를 다니고

사랑을 하고

시를 쓴다

그런데 작년보다 올해가

교회를 나가고

사랑을 하고

시를 쓰기가 어렵다

〈봄으로 가는 길 2〉, 캔버스 위에 아크릴, 2023.

혼자를 위하여

쓰다 보면 쓰게 되고

그리다 보면 그리게 되고

한 방울 두 방울 잉크처럼

번지는 파문이 좋다

쓰다 보면

그리다 보면

작아지는 내가 좋다

아주 작은 존재란 걸

알아차리는 그 순간이 좋다

〈인간으로 산다는 것 3〉, 캔버스 위에 아크릴, 2023.

혼자를 위하여

읽고 쓰고 그리는 일은

스스로 혼자가 되는 일이다

내가 선택한 외로움이다

나무들처럼

자기대로 자기처럼 살면서

어우러지고

다시 사랑하고

연대하면서 살기 위한

혼자를 위한 혼자다

〈잃어버린 나를 찾아서 2〉, 캔버스 위에 아크릴, 2023.

이제 자식은 성인이 되었고

사회적 역할에서도 해방되었다

몸이 허락하는 그날까지

사느라 잃어버린

나를 돌아보는 일

나처럼 사는 일

자기다움을 회복하는 일이

잘 살기란 생각이 든다

〈인간으로 산다는 것 4〉, 캔버스 위에 아크릴, 2023.

혼자를 위하여

그 사람을 알기 위해선

그 사람의 글을 봐야 한다

아주 사적인 글을 봐야 한다

자기를 아는 건

자기밖에 없는 것처럼

글은 어쩔 수 없이

속살 같은 내면을

보여줄 수밖에 없기 때문이다

〈잃어버린 나를 찾아서 3〉, 캔버스 위에 아크릴, 2023.

상처 없는 관계가 어디 있을까

관계가 시작되는 순간부터

상처는 필연이리라

사는 게 상처이리라

읽고 쓰고 그리는 일은

상처를 들여다보는 일

상처에 연고를 바르고 쓰다듬는 일

내 상처에

그대 상처에

호호 입김을 불어주는 일

2부

인간으로
산다는 것

〈인간으로 산다는 것 1〉, 캔버스 위에 아크릴, 2021.

괴롭지 않을 때 괴롭다

불안하지 않을 때 불안하다

슬프지 않을 때 슬프다

괴롭지 않고

불안하지 않고

슬프지 않다는 건

보지 않고

듣지 않고

성찰하지 않는 생활이기 때문이리라

안주하며 자족하며 사는 생활이기 때문이리라

저항이 없는 생활이기 때문이리라

〈기후 위기 1〉, 캔버스 위에 아크릴, 2021.

혼자를 위하여

〈기후 위기 2〉, 캔버스 위에 아크릴, 2021.

녹색평론 부천모임에 함께하고 있다
한 달에 두 번 모여서 각자 읽고 온 걸 나누며
이해타산이 없이 서로에게 진심인 모임이다

우리는 깨어 있으려고 한다
안 것을 실천하고 연대하려고 서로를 독려한다

이 우주에 한 생명 한 존재로 태어나 살면서
인간이라는 정체성과 인간다움에 대한
질문과 사유를 잃지 않으려고 한다

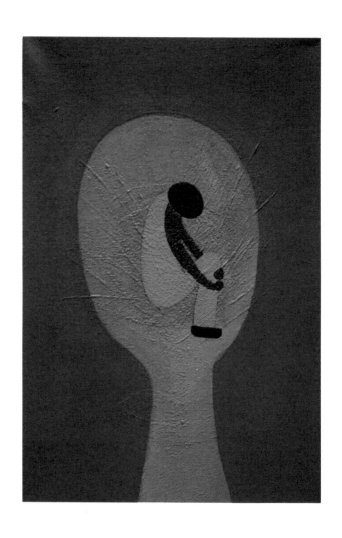

〈공존〉, 캔버스 위에 아크릴, 2021.

혼자를 위하여

우리는 이미 많이 가졌는데 더 가지려 한다

괴물이 되어 버린 자본주의에서

벗어나려 하지 않는다

'무엇을 위해서?' '어떻게 살까?'라는

질문을 잃어버린 우리들의 자화상

생태계를 파괴시킨 대가로

인류가 멸망한대도

고장 난 브레이크처럼

멈추지 않는 우리들의 탐욕

위기를 위기로 느끼지 못하는

위기의 시대를 살고 있다

〈천지인〉, 캔버스 위에 아크릴, 2021.

혼자를 위하여

짐승에게는 짐승'적'이라는 말을 하지 않는데

인간에게는 인간'적'이라는 말을 한다

인간이 신이 되려고 할 때

자연을 지배하려고 할 때

인간을 지배하려고 할 때

인간은 인간에게서 더 멀어질 것이다

이미 우리는

너무 멀리 와 있다

슬픔이 가까이에 있다

〈미몽 1〉, 캔버스 위에 아크릴, 2021.

혼자를 위하여

캐나다 화가

모드 루이스는

영화 《내 사랑》에서

"그림은 배워서 그리는 게 아니에요"라고 했다

생긴 그대로

저마다 타고난 소질대로

나는 나대로

당신은 당신대로

인생을 창조하는 게 좋다

자기처럼 사는 게 좋다

〈사람 사는 세상〉, 캔버스 위에 아크릴, 2022.

미술비평가 최광진은

책『창조적 인간으로 살아가기』에서

"종교적 도그마와 맹목적 믿음은

인간을 자유롭게 하는 것이 아니라

오히려 억압하고 노예화한다."고 했다

내가 힘들 때

어려움을 당했을 때

누군가가 내 곁에 있기를 바라는 것처럼

혼자가 아니길 바라는 것처럼

서로를 돕고 살리는 일

믿고 의지하는 일

다시 사는 일

세상의 아픈 곳이

세상의 중심이 되는 것이

나의 종교다

〈얼굴 1〉, 캔버스 위에 아크릴, 2022.

혼자를 위하여

강원도 평창군 진부면 동산리

오대산에 가면

적멸보궁이 있다네

월정사 지나 상원사

적멸보궁에는 부처가 산다네

내 눈에는 보이지 않는

부처가 산다네

〈빗방울〉, 캔버스 위에 아크릴, 2022.

혼자를 위하여

와이퍼가 움직이는 간격을 보면서 간다 날아와 부딪히고 뭉개져서 흘러내리는 빗방울을 보면서 간다 직선에서 사선으로 바뀐 빗줄기 옆사람에게 자리를 내어주듯 몸을 튼 자세로 내리고 있다

　옆 침대에는 탄력이 빠질 대로 빠진 노인이 차렷 자세로 누워 침을 맞고 있다 저 자세로 우리는 세상과 결별할 것이다 나는 엎드린다 종아리를 걷어 올리고 매 맞는 자세로 살면서 지은 죄 비는 자세로

– 詩「자세」 전문

〈지나가는 여자〉, 캔버스 위에 아크릴, 2022.

혼자를 위하여

사람이 징그럽다고 느낀 적이 있다

어서 지나갔으면 하는 인연이 있다

다시 만나야 할 때가 있다

〈함께 꾸는 꿈〉, 캔버스 위에 아크릴, 2022.

혼자를 위하여

우공이산 '愚公移山'

문자 그대로는 어리석은 노인이

산을 옮긴다는 뜻이다

고 신영복 선생님은

"어리석은 사람들의 우직함이 세상을 바꾼다.

세상에는 현명한 사람과

어리석은 사람이 있는데,

현명한 사람은 자신을 세상에

잘 맞추는 사람이고,

어리석은 사람은 세상을

자신에게 맞추려는 사람이다.

세상은 이런 어리석은 사람들의 우직함 때문에,

조금씩 나은 것으로 변화해 간다."고 했다

세상이 험할수록 이 말이 생각난다

〈봄 여름 가을 겨울〉, 캔버스 위에 아크릴, 2022.

혼자를 위하여

어느 자리에서 무슨 얘기를 나누다가

누가 나더러

"세상에 어려운 사람도 있어요?" 해서

웃은 적이 있다

나는 관계를 잘하는 편이 아니다

누구 눈치 보면서 발언하거나

친한 사람이라고 해서

무조건 그 사람 편드는 일은

안 하고 못 하기 때문이다

그래서 때때로 내가 마치

관계를 소중하게 생각하지 않는 사람처럼

오해받기도 한다

어떤 이념이나 사상은 물론

종교에 대해서도 확증하지 않는다

하물며 어제 다르고

오늘 다른 사람이랴

사람의 일이랴

나는 그저 끊임없이 생각하고 의심하고
발언하고 행동하다가 죽을 것이다

그게 한 인간으로서 내가 할 수 있는
작은 양심이며 염치이기 때문이다

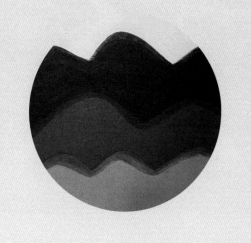

〈잃어버린 나를 찾아서 1〉, 캔버스 위에 아크릴, 2022.

혼자를 위하여

세상 나 혼자 사는 게 아니라서

맞추며 사는 거라서

맞추면서 살려다 보니

그러려니가 되겠지

선을 자주 넘다 보면

선이 아예 사라지는 것처럼

맞추며 사노라면

내가 없어지겠지

내가 누구인지

무엇을 위해 살고 있는지

질문조차

잃어버리고 말겠지

〈정지의 미〉, 캔버스 위에 아크릴, 2022.

혼자를 위하여

시 쓰고 그림 그리는 사람을
살 만해서 하는 취미 정도로 생각하는 이가 있다

세상을 취미로 사는 사람이 없는 것처럼
나는 취미로 시를 쓰고
취미로 그림을 그리지 않는다
살 만해서가 아니라 살기 위해서 쓰고 그린다

바쁘게 사는 것이
마치 잘 사는 것처럼
인식되는 사회 분위기에
휩쓸리지 않는 삶을 살고 싶다

좋은 삶이 뭘까?
나에게 맞는 삶이 뭘까?

쓰고 그리기는
내 나름의 살아가는 태도이며
사유의 골방이다

〈시민의 기도〉, 캔버스 위에 아크릴, 2022.

혼자를 위하여

무슨 말을 해야 할까

할 수 있을까

사회적 참사로

억울하게 죽임을 당한 영령들 앞에서

국가 폭력으로

진상 규명과 책임자 처벌이 안 되는

비정상 속에서

세상의 아픈 곳이

우리들의 중심이 되기를

〈꽃피는 계절〉, 캔버스 위에 아크릴, 2023.

혼자를 위하여

식당에 앉아

국밥 한 그릇 비우는 동안

차갑던 몸에 온기가 도는 동안

저쪽에서

기관지 천식에 한 달 사만 원

테레비 시청료가 얼마

전기 수도세가 얼마

노인의 세계를 경청하노라면

살아가는 일이 경건하다

〈현대인〉, 캔버스 위에 아크릴, 2023.

혼자를 위하여

우리가 살고 있는

무수한 일상들이

거대한 박물관이며 역사다

현대는 과거이며 미래다

황현산은

책 『밤이 선생이다』에서

"의심스러운 것을

믿으라고 말하는 것도 폭력이며,

세상에 아무 일도 없다는 듯이

살아가는 것도 따지고 보면 폭력"이라고 했다

노동운동을 시작으로

민주화운동 여성운동 시민운동

어쩌다 보니 운동권으로 살고 있다

타고난 나의 디엔에이일 것이다

신이 주신 달란트일 것이다

조화일 것이다

〈생각의 굴레〉, 캔버스 위에 아크릴, 2023.

혼자를 위하여

인간이란 무엇일까

어떻게 사는 게 인간다운 걸까

끊임없이 질문하는 사람

의심을 잃지 않는 사람

깨어 있으려고

아닌 건 아니라고

긴 건 기라고

온몸으로 저항하는 사람

온몸으로 받아내는 사람

시에 갇히지 않고

시처럼 살려고 몸부림치는

시인은 정서적인 혁명가

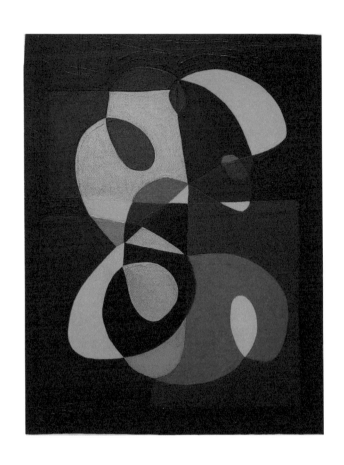

〈무의식〉, 캔버스 위에 아크릴, 2022.

혼자를 위하여

감정은

의식과 무의식의 총합이다

파편이며 잔해이다

나에게 시 쓰기와 그림 그리기는

삶에 대한 끊임없는 질문이며 정념이다

나의 계획과 의도를 벗어나는 오류이며

나보다 더 나 같은 나이다

내 우울과 불안에서 탈출하는

해방구이자 구원이다

나를 찾아가는 울퉁불퉁한 길이며

함께 떠나는 여행의 도반이다

3부

색이 좋다

〈시선〉, 캔버스 위에 아크릴, 2021.

혼자를 위하여

오늘 같은 날은

좋은 사람과 따뜻한 차 한 잔을 마시고 싶습니다

그리움도 잊고 창밖 무심히 바라보며

웃지 않아도 좋은 사람과

조용히 앉아 있고 싶습니다

잔잔히 내리는 비를 바라보며

함께 있어도 혼자인 듯

작은 탁자 아래로 흔들리는 구두코가

슬프다는 생각도 없이

문득, 흐르는 눈물이 부끄럽지 않은 사람과

말없이 앉아 있고 싶습니다

오늘 같은 날은

나를 잊어버릴 수 있는 사람과

함께 있고 싶습니다

〈파도〉, 캔버스 위에 아크릴, 2021.

혼자를 위하여

그리고 싶어질 때 그린다

억지로 그리는 그림은
작위적이 되고 만다

구상과 사유를 넘어서는
우연과 충동이 좋다

그냥 그려지는 대로
그려진 그림이 좋다

원초적인 게 좋다

색으로 떠나는 여행이 좋다

〈꿈꾸는 계절〉, 캔버스 위에 아크릴, 2021.

혼자를 위하여

머리를 쓰는 것보다

색을 쓰는 게 좋다

몸을 쓰는 게 좋다

〈수많은 아름다움 1〉, 캔버스 위에 아크릴, 2022.

혼자를 위하여

보이지 않는다고
없는 게 아니듯
보이는 게
다가 아니지

내가 보는 게
내가 아는 게
다가 아니지

보일 듯 말듯
보이지 않는 아름다움이 아름답다

작은 것이
'수많은'이 아름답다

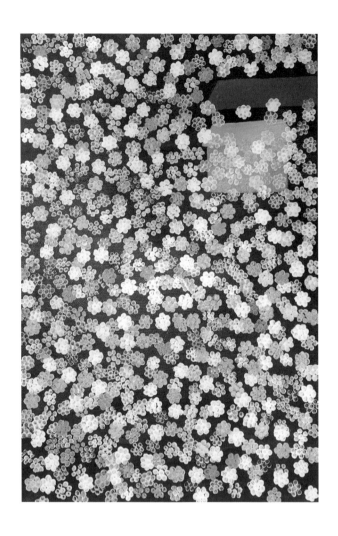

〈수많은 아름다움 2〉, 캔버스 위에 아크릴, 2022.

혼자를 위하여

조금은 알 거 같아

가을에서 겨울로 넘어갈 때

부는 바람이 더 차가운 이유

알 수도 있을 거 같아

그때 네가 했던 그 말

왜 그랬을까

나 이제 몰라도 알 거 같아

내가 시인이 되어 가고 있는 것처럼

인생에는 자연히 흘러가는 무엇이 있다는 것

작은 욕심이 아름답다는 것도

넉넉해지는 가을 저녁은

어디서 오는지 어디로 또 가는지

몰라도 몰라도 알 거 같아

〈입춘〉, 캔버스 위에 아크릴, 2022.

혼자를 위하여

색이 좋다

그러나 되도록 색을 아낀다
꼭 써야만 하는 색만 쓴다

군더더기 없이
담백한 게 좋다

여백과 여운이 좋다
작고 소박한 것이 좋다

〈나무 1〉, 캔버스 위에 아크릴, 2022.

혼자를 위하여

이윤엽의 작품

〈풀〉을 보고 와서

잠 못 이룬 밤이 있었다

두 달 치 월급을 주고

작품을 모셔 오던 날이 있었다

자기다움과 자기 세계를

표현한 행위가 예술이다

잘 쓰고 잘 그린다는 기준은

세상 누군가의 관점일 뿐

나는 그저 나대로의 삶을 살아가듯

시를 쓰고 그림을 그리며

이 세상을 지나가고 있는 중이다

〈수족관 속 오징어〉, 캔버스 위에 아크릴, 2022.

혼자를 위하여

앞으로 뒤로 헤엄을 친다

저공비행하듯
잠시도 가만있질 않는다

로켓을 발사하듯
오르락과 내리락을 반복한다

본능은 신의 조화이리라

수족관이
저들 생의 바다이리라
아름다운 주행이리라

— 詩「수족관 속 오징어」전문

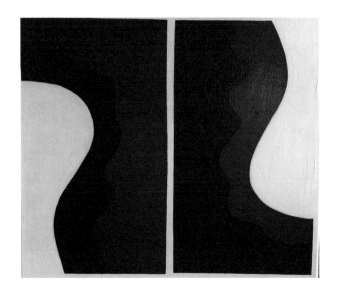

〈가을 앞에서〉, 캔버스 위에 아크릴, 2022.

혼자를 위하여

이마를 바닥에 대고

손을 내려놓고

숨을 고르며 수그리는

몸 뒤에 서서

자꾸 엎드리는

몸짓을 보고 있노라면

고단했을 맨발의 행간을 읽고 있노라면

〈우연〉, 캔버스 위에 아크릴, 2022.

혼자를 위하여

시인이 되려고 시를 쓴 것도

화가가 되려고 그림을 그린 것도 아니다

살다 보니

시가 내게로 왔고

그림이 내게로 왔다

내가 사는 게 아니라

삶이 내게 와서 사는 것처럼

살아지는 것처럼

〈미몽 2〉, 캔버스 위에 아크릴, 2023.

혼자를 위하여

사랑을 받는 것보다

사랑을 하는 게 좋다

사랑을 기다리는 것 보다

사랑을 마주치는 게 좋다

사랑과 사랑이

충돌하는 게 좋다

〈한 슬픔이 한 슬픔에게〉, acrylic on canvas, 2021

혼자를 위하여

유모차를 밀고 가는 제부와

뒤뚱뒤뚱 걷고 있는 조카

머리숱이 듬성듬성한 엄마와

은빛쑥 정향목 자귀나무 산당화

이 느닷없는 평화 앞에서

서러운 까닭은

나의 비참이지만

나의 내력이지만

이 서러운 힘으로

나는 여기까지 왔을 것인데

영원히 살아갈 것인데

내가 사는 것이 서럽듯이

살아가는 모든 것들이

서럽고 서러웁다

〈나무 2〉, 캔버스 위에 아크릴, 2023.

혼자를 위하여

더 큰 캔버스에 그림을 그려보라는 이가 있다

나는 욕심 내지 않고 그리고 싶다고 했다

어쩔 수 없이

운명처럼 그림을 그리지만

자연에게 조금이라도 피해를 덜 줄까 싶어서

작은 캔버스에 그리려 한다

그릴 수 있는 것만으로도 감사하다

〈내 안에 그대가 있고 그대 안에 내가 있다〉, 캔버스 위에 아크릴, 2023.

혼자를 위하여

사는 데

꼭 이유가 있어야 하는 게

아닌 것처럼

행복하지 않아도 괜찮다

괜찮지 않아도 괜찮다

〈얼굴 2〉, acrylic on canvas, 2022

혼자를 위하여

시밖에 모르는 여자

시 쓰다가 뱅기 놓치는 여자

시한테 화풀이하는 여자

시밖에 모르는 쓸모없는 여자

시 빼면 시체인 여자

시 때문에 일생을 허비하는 여자

시만 되면 되는 여자

시가 없으면 아무것도 아닌

시가 전부인 여자

〈골목길〉, 캔버스 위에 아크릴, 2021.

혼자를 위하여

통영에 가면 골목이 있다

친구 두서넛이 왁자지껄
앞서거니 뒤서거니
지나다니는 나지막한 길이 있다

골목길 저 끝으로
사람들이 옹기종기 모여 사는
그림 같은 집들이 보인다

〈꽃〉, 캔버스 위에 아크릴, 2022.

혼자를 위하여

누가 이름을 이름 지었을까

붉은 순백 보라 진분홍

꽃의 꽃말은 누구의 심장일까

한 뼘 두 뼘

마음이 사는 곳

꽃밭에서

너의 이름 함부로 부르지 못하리

나의 외로움은 초라하여라

〈고요〉, 캔버스 위에 아크릴, 2022.

혼자를 위하여

평범한 날들을 사랑하기

아무 일도

일어나지 않은 날에 감사하기

무슨 일이 일어나면 일어난 대로

다행하며 감사하기

호호 입김을 불어서

소매 끝으로 유리창 닦기

햇살 한 줌에 따뜻해지기

〈인간으로 산다는 것 2〉, 캔버스 위에 아크릴, 2022.

혼자를 위하여

사랑한다는 것이

당신을 이해하는 것이 아니라

당신을 사랑하기 위해

끊임없이 노력하는 일임을 알겠습니다

사랑이라는 것이

당신이 어떤 사람인지 아는 게 아니라

우리가 만나서 고마운 일임을 알겠습니다

사랑하며 산다는 것이

명분보다 시시비비를 가리는 일보다

내 곁에 당신이

당신 곁에 내가 있음이

마음 든든한 일임을 알겠습니다

사랑하는 일이

우리가 서로를 바라보듯이

나를 바라보는 일임을 알겠습니다

세상 그 무엇보다

사랑을 할 때에

살아 있다는 존재를 느끼는 일임을 알겠습니다

사랑 그것은

살아가는 모든 일 중에

가장 가슴 벅차고

아름다운 일인 줄도 알겠습니다

– 詩 「사랑에 대하여」 전문

책을 마치며

지는 해를 보고 있노라면

나도 잘 졌으면 싶다

지는 게 아쉬워서

희미해질 때까지

보이지 않을 때까지 바라봤으면

해가 넘어간 후에도

여운이 남아서

얼마간 물들었으면 싶다

순간순간 생을 다해

비추이다가

가려지기도 하다가

휘몰아 치이기도 하다가

지는 쪽으로 졌으면 싶다

지는 것이 아직은 아쉬웠으면

지금 이 순간에도 내가

지고 있는 줄 알았으면 싶다